Trois Conte
(Fiche de Lecture)

I. INTRODUCTION

Trois contes est un recueil de trois récits, écrits puis réunis par Gustave Flaubert (1821-1880). Il est publié pour la première fois en 1877. Les trois contes sont d'abord parus de manière plus individuelle, dans la revue *Le Moniteur universel.*

L'écriture de ce recueil correspond à la période de la genèse du roman *Bouvard et Pécuchet,* qui accapare alors énormément l'écrivain. Flaubert expérimente d'ailleurs des difficultés dans son entreprise d'écriture, mais aussi d'un point de vue personnel. Ses lettres de l'époque illustrent bien les périodes de doute qu'il a traversées. Ces contes, dans le contexte, font office d'apaisement provisoire pour Flaubert, en lui permettant d'écrire plus facilement et aisément que dans son roman.

II. RÉSUMÉ DE L'ŒUVRE

Un cœur simple

Chapitre 1

Félicité est une servante âgée de cinquante ans. Elle est au service de Mme Aubain, une bourgeoise de Pont-l'Evêque (au sud de la ville d'Honfleur).

Chapitre 2

Nous apprenons qu'elle travaille pour cette famille depuis ses dix-huit ans, après une déception amoureuse difficile à supporter.

Trois contes

FichesdeLecture.com

Chapitre 3

Félicité est très prévenante et dévouée envers les deux enfants de la famille, Paul et Virginie. Mais dès que la pension la sépare d'eux, elle reporte son affection sur son neveu Victor ; hélas, ce dernier décède un peu plus tard, à la même période que Virginie, une jeune fille très fragile.

Chapitre 4

La servante s'occupe beaucoup du perroquet Loulou, un cadeau qu'on lui a fait. Mais malgré l'affection qu'elle lui porte, l'animal meurt aussi ; puis Félicité doit affronter la mort de Mme Aubain, et se retrouve seule. Pendant plusieurs années, elle est isolée et profondément seule, en raison de sa surdité puis d'une maladie qui vient la ronger. Félicité, à l'occasion de la Fête-Dieu, offre Loulou empaillé, ce qui n'est autre que son bien le plus précieux.

Chapitre 5

Elle meurt pendant la procession et, juste avant de trépasser, le Saint-Esprit lui apparaît : il a la forme d'un « perroquet gigantesque ».

La Légende de saint Julien l'Hospitalier

Chapitre 1

À la naissance du jeune Julien, deux prédictions annoncent qu'il sera un empereur et un saint. Pourtant, pendant son enfance, l'enfant se montre très cruel. Un jour, pendant une chasse, Julien rencontre un cerf qui lui prédit qu'il tuera son père et sa mère. En effet, peu de temps plus tard, l'adolescent manque de les tuer par accident. Perdu et affolé, il quitte le château de sa famille.

Chapitre 2

Julien s'engage dans plusieurs armées, ce qui l'amène à combattre, en particulier, auprès de l'empereur d'Occitanie. Celui-ci lui donne la main de sa fille pour le récompenser de l'avoir sauvé. Une nuit, tandis que le héros est à la chasse, ses parents arrivent et rencontrent sa femme. Cela fait longtemps qu'ils cherchent leurs fils, et la jeune femme leur offre de se reposer chez elle. Lorsque Julien revient de sa partie de chasse, au cours de laquelle il n'a pas eu la force de tuer un animal, il croit que sa femme l'a trompé et assassine ses deux parents, qu'il prend pour son épouse et son amant. Lorsqu'il s'aperçoit de sa faute, désespéré, il quitte le château impérial.

Chapitre 3

Julien erre pendant des années. Il devient passeur et, une nuit, donne sa nourriture et son lit) un lépreux qu'il a fait traverser. En réalité, l'infirme n'est autre que « Notre-Seigneur Jésus », qui vient emporter Julien vers les cieux, après lui avoir pardonné ses fautes.

Hérodias

Chapitre 1

Hérode Antipas a pour prisonnier Jean-Baptiste (Iaokanann) dans sa citadelle de Machaerous, située sur les bords de la Mer morte. Jean-Baptiste inquiète mais fascine.

Chapitre 2

Vitellius (le proconsul de la cité) vient visiter la citadelle et, alors qu'il vient de faire ouvrir la cellule du prisonnier, entend avec tout le monde les critiques proférées à l'égard d'Hérode, qui entretient une relation incestueuse avec Hérodias, sa seconde épouse et sa nièce. Apparemment, Jésus a pris la place du prisonnier. Hérodias voue une grande haine au saint et souhaite qu'il trépasse.

Pour son anniversaire, un immense festin est donné en l'honneur d'Hérode. Pendant cette nuit, une danseuse charme le tétrarque qui lui promet en retour de lui donner ce qu'elle souhaitera. La danseuse demande la « tête de Iaokanann ». Hérode obéit, puis découvre que la danseuse était en fait Salomé, la propre fille d'Hérodias, à peine arrivée de Rome.

III. PRÉSENTATION DES PERSONNAGES

Félicité

Sa désignation nous apprend plusieurs choses : d'abord, nous ne connaissons que son prénom, ce qui nous fait comprendre qu'elle est aliénée dans son rôle de servante (pas de « Madame » ou de nom de famille) ; quant à « félicité », la signification est à prendre au second degré dans la mesure où son existence est finalement très triste. Peut-être est-ce l'état qu'elle cherche à atteindre après sa mort, et à travers sa grande ferveur religieuse. D'ailleurs, son agonie est présentée par Flaubert comme un apaisement, une délivrance, car Félicité affiche une « sensualité mystique ».

La servante, héroïne du premier conte, est une femme d'une grande bonté, et qui a beaucoup d'affection pour la famille qu'elle sert. On apprend qu'elle est rentrée à leur service très jeune (18 ans) suite à un chagrin d'amour. Félicité est un peu simplette, mais dévouée et aimante, ainsi que simple et humble.

Elle évolue de plus en plus vers une figure mystique, se montrant chaque jour plus religieuse et fervente, mais sans être capable d'avoir du recul sur sa foi. Toutefois, cela peut s'expliquer par les pertes douloureuses qu'elle subit au cours de sa vie ; soit ceux qu'elle aime sont envoyés au loin, soit ils décèdent – son neveu Victor, sa maîtresse, et même son perroquet qu'elle aimait comme un être humain. Elle décède solitaire, malade, mais toujours profondément croyante. D'ailleurs, c'est sur une dernière prière qu'elle s'en va, alors que la ville tout entière est en procession religieuse.

Voici la manière dont Flaubert décrit son personnage dans une lettre adressée à Mme Roger des Genettes, en 1876 : « _le récit d'une vie obscure, celle d'une pauvre fille de campagne, dévote mais mystique, dévouée sans exaltation et tendre comme du pain frais. Elle aime successivement un homme,_ *les enfants de sa maîtresse, un neveu, un vieillard qu'elle soigne, puis son perroquet ; quand le perroquet est mort, elle le fait empailler et, en mourant à son tour, elle confond le perroquet avec le Saint-Esprit. »*

Julien

Julien est un personnage passionné de chasse, ce que l'on voit durant son enfance (la rencontre avec le cerf), puis au fait qu'il repart en chasse alors qu'il est marié à la fille de l'empereur. Or, cette passion devient le miroir symbolique de l'évolution du personnage. Jeune, il se montre cruel, notamment envers les animaux. Mais alors qu'il évolue dans l'âge adulte, il devient de moins en moins capable de violence et de tuerie. D'ailleurs, la nuit de chasse suite à laquelle il assassine ses parents le montre incapable de faire du mal aux animaux.

En fait, Julien passe d'un protagoniste cruel destiné à tuer ses parents (sorte de prédiction quasi œdipienne qu'il ne pourra éviter) au Julien pardonné par le Ciel après des années d'errance et de dévotion aux autres.

Il y a donc quelque chose de surnaturel chez ce héros, qui est frappé d'une malédiction dès sa naissance, et provoque la terreur même chez les animaux. D'ailleurs, il lui arrive des évènements extraordinaires. Mais il parvient, après bien des souffrances, à faire acte de pénitence.

Iaokanann

Il est présenté comme un personnage assez bestial dans ses manières, et très mystérieux. Nous avons accès à sa description à partir d'une focalisation interne. Hérodias en livre quelques éléments. En tout cas, dans ses paroles comme dans ses actes ou son influence, Iaokanann est très mystérieux. En témoignent les phénomènes étranges qui se produisent autour de lui ; ils permettent de souligner son caractère solitaire, marginal, coupé de la société et volontairement farouche et sauvage.

Il fait preuve d'une morale religieuse bien à lui, mais également symbolique du fanatisme. On voit cela à sa manière de critiquer violemment la conduite d'Hérodias, qu'il considère comme un péché. Iaokanann est en fait Jean-Baptiste.

Les autres personnages du conte *Hérodias*

Ils font directement référence à des passages de la Bible, situés au Ier siècle après Jésus-Christ, dans le contexte de l'Empire roman. On les retrouve dans les Évangiles, mais aussi dans l'Histoire vue par Suétone. Hérode Antipas est le Tétrarque de la citadelle de Machaerous ; c'est un très bon militaire, mais il se laisse aller à ses passions. Hérodias est sa femme, et donc a un statut de reine ; elle n'est d'ailleurs pas sans rappeler les reines égyptiennes antiques, dans leurs rapports aux hommes, entre manipulation et méprise.

IV. PERSPECTIVES D'ANALYSE

La thématique religieuse

De prime abord, les trois contes sont très différents, tant par les personnages, les intrigues que par l'époque à laquelle ils se déroulent. Mais ils ont de ceci en commun que chacun d'entre eux explore, à sa manière, l'univers de la croyance et de la religion.

Toutefois, avant plus d'explications, il est nécessaire de souligner que Flaubert n'a pas conçu son œuvre comme essentiellement religieuse : « L'histoire d'Hérodias, telle que je la comprends, n'a aucun rapport avec la religion. ». Il s'agit donc bien ici de présenter une thématique, et non l'essence de l'œuvre, à supposer qu'elle soit unique.

Par exemple, dans le conte « la Légende de saint Julien l'Hospitalier », l'ensemble de la narration évoque de manière frappante les techniques hagiographiques (vie des saints). Or, le thème de la sainteté est également présent dans le dernier conte, dans la mesure où Iaokanann fait en fait figure de saint, d'où son autre appellation, Jean-Baptiste. Enfin, rappelons que le prénom et le caractère de Félicité transforment son existence douloureuse en béatification à venir, ce qui explique le caractère particulièrement positif de la description de sa mort.

On voit donc que, malgré les grandes différences entre les épreuves traversées (rien de comparable dans la difficulté rencontrée par Julien, et celle de Félicité), les personnages touchent à un moment où à un autre à quelque chose de divin. Toutefois, cela ne signifie pas nécessairement qu'ils aient une mission ; mais tous font preuve d'une vertu chrétienne à un moment donné, sacrifice de sa vie, héroïsme de la dévotion, ou tout simplement grande générosité. Tous ont en commun une vie de souffrance suivie de la rédemption, puis de la délivrance.

Les contrastes du triptyque

Nous l'avons vu, l'ouvrage de Flaubert réunit sous un même titre trois contes, trois histoires différentes. Faute de disposer de points communs immédiatement identifiables, ces trois récits sont tout de même qualifiés de « contes » par le titre, ce qui nous donne une idée du genre qui les réunit. En effet, on retrouve plusieurs traits communs, malgré les différences notables entre eux. En premier lieu, les protagonistes évoluent dans un univers féroce, impitoyable, prêt à les écraser, à l'image de ces héros de conte prisonniers de leur situation initiale. Puis ils expérimentent des aventures ou expériences plus ou moins religieuses, surnaturelles ou extraordinaires par rapport au quotidien. Enfin, ils sont comme « sauvés », transfigurés par leur propre force. Les trois histoires sont donc des contes au sens voltairien du terme, très proche de la fable philosophique.

De plus, tous ont en commun une écriture privilégiant les images, l'iconographie aussi bien religieuse que populaire (avec le recours à des images d'Épinal), ou encore une grande simplicité dans l'écriture. De ce point de vue, la démarche de Flaubert rappelle fortement la technique des vitraux dans les édifices religieux.

Mais d'importantes différences subsistent entre les récits : *Un cœur simple* a un contexte moderne et narre une vie totalement fictionnelle ; *La Légende de saint Julien l'Hospitalier* et *Hérodias,* de leur côté, se placent dans le passé et font référence à des personnages historiques ou appartenant à la culture antique ou religieuse.

Notons d'ailleurs qu'à l'origine, Flaubert écrivit ces récits de manière séparée et sans souci immédiat de cohérence. Ce n'est qu'après que l'œuvre s'imposa comme un ensemble, une unité.

Une chronologie inversée

La lecture des trois contes en tant qu'ensemble unifié donne une perspective intéressante : celle d'une structure chronologique à rebours. En effet, les différentes histoires nous font remonter le temps et l'Histoire :

- *Un cœur simple* traite de la croyance moderne. Félicité est une femme humble et mystique, mais elle s'inscrit bien dans le contexte qui lui est contemporain, en particulier socialement. D'autre part, autour de Félicité, c'est bien vers un déclin de la croyance que se tourne la société moderne, malgré la foi parfois plus basique du protagoniste.
- *La légende de Saint Julien l'Hospitalier* nous transporte ensuite au Moyen-âge. La croyance apparaît alors comme teintée de naïveté, d'imagerie médiévale, et d'une certaine pureté (à l'image de la fin de vie du héros). Le merveilleux vient se mêler au réel.
- *Hérodias* nous emmène ensuite aux sources, à l'origine du christianisme, à l'heure où l'existence même du Christ est encore reniée par les Romains. (D'où, d'ailleurs, le caractère prophétique de Jean-Baptiste/ Iaokanann lorsqu'il parle de son cachot).

Considérations religieuses et historiques sont donc très présentes dans ces trois contes. Mais rappelons-le, jamais Flaubert ne cède à la tentation d'une foi aveugle. Par exemple, dans le cas de Félicité, beaucoup d'éléments de doute sont introduits lors des « révélations ». C'est moins le cas dans l'histoire de Julien, mais malgré tout, l'œuvre dans son ensemble traduit l'évolution d'une société vers la perte de la croyance.

Dans la même collection en numérique

Escadrille 80

Inconnu à cette adresse

La controverse de Valladolid

Les Vilains petits canards

Une partie de campagne

Cahier d'un retour au pays natal

Dora Bruder

L'Enfant et la rivière

Moderato Cantabile

Alice au pays des merveilles

Le faucon déniché

Une vie

Chronique des Indiens Guayaki

Je voudrais que quelqu'un m'attende quelque part

La nuit de Valognes

Œdipe

Disparition Programmée

Education européenne

L'auberge rouge

L'Illiade

Le voyage de Monsieur Perrichon

Lucrèce Borgia

Paul et Virginie

Ursule Mirouët

Discours sur les fondements de l'inégalité

L'adversaire

La petite Fadette

La prochaine fois

Le blé en herbe

Le Mystère de la Chambre Jaune

Les Hauts des Hurlevent

Les perses

Mondo et autres histoires

Vingt mille lieues sous les mers

99 francs

Arria Marcella

Chante Luna

Emile, ou de l'éducation

Histoires extraordinaires

L'homme invisible

La bibliothécaire

La cicatrice

La croix des pauvres

La fille du capitaine

Le Crime de l'Orient-Express

Le Faucon malté

Le hussard sur le toit

Le Livre dont vous êtes la victime

Les cinq écus de Bretagne

No pasarán, le jeu

Quand j'avais cinq ans je m'ai tué

Si tu veux être mon amie

Tristan et Iseult

Une bouteille dans la mer de Gaza

Cent ans de solitude

Contes à l'envers

Contes et nouvelles en vers

Dalva

Jean de Florette

L'homme qui voulait être heureux

L'île mystérieuse

La Dame aux camélias

La petite sirène

La planète des singes

La Religieuse

À propos de la collection

La série FichesdeLecture.com offre des contenus éducatifs aux étudiants et aux professeurs tels que : des résumés, des analyses littéraires, des questionnaires et des commentaires sur la littérature moderne et classique. Nos documents sont prévus comme des compléments à la lecture des oeuvres originales et aide les étudiants à comprendre la littérature.

Fondé en 2001, notre site FichesdeLectures.com s'est développé très rapidement et propose désormais plus de 2500 documents directement téléchargeables en ligne, devenant ainsi le premier site d'analyses littéraires en ligne de langue française.

FichesdeLecture est partenaire du Ministère de l'Education du Luxembourg depuis 2009.

Plus d'informations sur www.fichesdelecture.com

Notes :